PASQUINI

OU LA

CATHÉDRALE D'ASINIO

PAR

LE COLONEL

CAMILLE ESMÉNARD DU MAZET

Qui potest capere, capiat.
Évang. selon St-Math. ch. XIX, v. 12.

MARSEILLE

IMPRIMERIE DE JOSEPH CLAPPIER

RUE SAINT-FERRÉOL, 27

1862

Y+

PASQUINI

OU LA

CATHÉDRALE D'ASINIO

PASQUINI

OU LA

CATHÉDRALE D'ASINIO

PAR

LE COLONEL

CAMILLE ESMÉNARD DU MAZET

Qui potest capere, capiat.
Evang. selon St-Math. ch. XIX, v. 12.

MARSEILLE

IMPRIMERIE DE JOSEPH CLAPPIER

RUE SAINT-FERRÉOL, 27

1862

Cette plaisanterie, extraite d'un Recueil plus considérable, aurait, peut-être, besoin d'un commentaire si elle ne s'adressait pas uniquement à des lecteurs qui en connaissent trop bien le sujet. Mais, comme elle n'est point destinée à d'autres personnes, je me dispenserai de donner ici d'inutiles détails sur ma petite querelle avec M. Pasquini. Comprenne qui pourra.— J'apprends par un Journal d'Asinio que l'heureux personnage est à la veille de voir triompher ses idées. Sans rancune, je l'en félicite doublement : d'abord, pour la satisfaction intérieure de son amour propre ; ensuite, pour le plaisir non moins vif que va lui donner l'embarras du malheureux architecte chargé de l'exécution d'une œuvre condamnée jusqu'aujourd'hui par deux Décrets Impériaux et qui semblait réprouvée de tous les hommes de sens et de goût.

ASINIO.

Sur les bords que la mer caresse,
Au pied de ces coteaux si frais
Où l'oranger fleurit sans cesse,
Où le printemps ne meurt jamais;
Qu'on ne quitte qu'avec regrets
Comme l'on quitte une maitresse,
Asinio que tu me plais!
La nature te fit exprès
Le golfe où ta beauté se mire;
Celui de Naples qu'on admire
A moins de grâce et moins d'attraits.

Tu t'élances de tes bosquets
Comme une fraîche et vive rose;
Mais le dirai-je ? hélas ! je n'ose:
Il ne faut te voir de trop près....
Pour gâter la plus belle chose,
Et la flétrir de son poison,
Tel qu'un parasite frélon,
Pasquini dans ton sein repose !

PASQUINI /maire Braccini

OU LA

CATHÉDRALE D'ASINIO

Quand, d'une humeur drolatique,
Celui que chantent mes vers
Voulut jeter dans les mers
Sa cathédrale gothique,
Parmi la gent aquatique
Ce fut un très grand émoi.
Les uns se disaient : pourquoi
Venir troubler notre empire
Où nous vivions sur la foi
Des traités que l'on déchire ?

Un misérable sans cœur
Croit-il donc que sa menace
Nous fera trembler de peur ?
Que nous changerons de place
Comme il change de couleur?...
Qu'il vienne avec son écharpe,
Son Conseil Municipal,
Il verra comme on l'écharpe ;
S'il ne fait le saut de carpe
Il s'en tirera fort mal.
Amis, à notre service
Nous avons plus d'un requin
Qui connaissent leur office
Mieux que chantre de Lutrin.

Toi, qui me lis, tu devines
La fureur qu'au sein des flots,
Dans le peuple porte-épines
Produisent de tels propos.
Chacun se démène et crie :
Il faut sauver la patrie,
Il faut contre ce tyran,
Pour punir tant de folie,
Soulever tout l'Océan.
Au vieux banc de Terre-Neuve,
Chez les baleines nos sœurs,

(Leur courage est à l'épreuve),
Nommons des ambassadeurs :
Sur toute place publique
Organisons, et bientôt,
Un banquet patriotique,
Ainsi qu'Odillon-Barrot
L'a fait pour sa République ;
Cet homme n'est pas un sot :
Et qu'enfin jusqu'aux nuées
Un tintamarre infini
Porte, avec nos huées,
Honte et mort à *Pasquini* !

De l'électrique fluide,
Que si peu nous connaissons,
L'effet est bien moins rapide
Que celui sur les poissons
De cet appel à la lutte,
A ce noble et saint devoir
Contre un infâme Pouvoir :
L'oppresseur que l'on culbute
Est toujours si bon à voir !
Quand, par étrange fortune,
Une huitre, oui certainement,
Croyez-le, c'en était une,
Vient là, je ne sais comment;

Mais pour la cause commune
Que ne peut le dévouement ?
« O grands orateurs, dit-elle,
« Je partage ce courroux ;
« Votre éloquence si belle
« Nous séduit et charme tous ;
« Trop juste est notre querelle,
« Mais, en allant avec vous
« Au combat qui nous appelle,
« Ma foi, que gagnerons-nous ?..
« Peu de gloire et bien des coups.
« Je ne vante mon mérite,
« Mais croyez que sur le banc
« Où nuit et jour je médite,
« Je sais, et m'en félicite,
« Distinguer le noir du blanc.
« Eh bien ! si c'est un outrage
« Qu'un maire à demi sauvage
« Prétend nous faire aujourd'hui,
« Serons-nous sur cette plage
« Les seuls auxquels il a nui ?
« Vous savez tous mieux que lui
« Que l'esprit n'est son partage,
« Qu'en sa tête si peu sage
« Jamais la raison n'a lui.
« Ainsi d'un moment d'orage
« Ne vous faites d'avantage
« Un sujet de trop d'ennui.

« Et, d'ailleurs, si sa menace
« Pouvait, un jour, s'accomplir,
« Il nous reste assez d'espace
« Pour vivre heureux et mourir.

« Au lieu d'avoir un quai sale,
« Vous aurez la Cathédrale
« Pour confin plus naturel ;
« Au lieu d'une voix brutale
« Vous entendrez de l'autel
« La prière qui s'exhale
« Jusqu'aux pieds de l'Eternel.

« Même, au fort de la tempête,
« Lorsque le flot irrité
« Au plus haut de la cité
« Chassera l'homme et la bête,
« Vous entrerez fièrement
« Jusqu'au fond du sanctuaire,
« Et direz dévotement
« Ce *Pater* qu'on vient de faire *.

« Vous ne pouvez vous cacher
« Que depuis longues années,
« Que nous avons profanées,
« On vous voit toujours pêcher.
« De vos amours vagabondes
« Les fruits remplissent les ondes ;
« Il est temps de vous prêcher.

* Voir à la suite.

« Un grand Saint que chacun loue

« Nous a fait plus d'un sermon,

« Aujourd'hui ce Bourdaloue

« Serait bien mieux de saison.

« Cette île-ci, je l'avoue,

« N'est pas trop fertile en saints ;

« Mais qui connait les desseins

« De la suprême Sagesse ?

« Le ciel, la terre sont pleins

« De miracles qui, sans cesse,

« Confondent nos esprits vains.

« Que dis-je ?... O clarté soudaine !

« L'avenir s'ouvre pour moi...

« Quel prodige, quelle scène,

« Quel triomphe de la Foi !...

« *Pasquini* portant l'étole,

« Le front ceint d'une auréole,

« Monte à l'autel qui frémit :

« O race, tu n'es pas bonne,

« Nous dit-il, mais Dieu pardonne ;

« Courbe-toi, je te l'ordonne,

« Sous ma main qui te bénit. »

L'huître, à ces mots trop émue,

Se laissa choir tout-à-coup :

Depuis on ne l'a revue ;
Mais son discours plût beaucoup.
Les poissons d'expérience
Calculèrent le danger
D'une guerre qui commence
Pour un motif si léger.
Tout manquait à la défense,
Et cet affront passager,
Qu'ils ne sentiraient qu'à peine,
Leur laissait liberté pleine
De s'ébattre et de nager.
Aux conseils de la sagesse
Les plus jeunes vivement
S'opposaient, car la jeunesse
A tout noble sentiment,
Sans calcul, avec ivresse,
Se livre si promptement.
Avec eux quelques rapaces,
Ces gens sans pudeur ni foi,
Les brochets les plus voraces,
Ne connaissant frein ni loi,
Dans le peuple qui s'attroupe
S'en allaient de groupe en groupe,
Et, perfides harangueurs,
De l'émeute et du désordre,
Pour mieux y trouver à mordre,
Se faisaient les orateurs.

Ainsi j'ai vu l'hypocrite
Dans la foule qui s'irrite
Distiller d'affreux poisons,
Et, faisant prendre aux yeux ternes
Des courges pour des lanternes,
Pour des Brutus des larrons,
Aux deux bouts de la patrie
Porter enfin l'incendie,
Pour y rôtir ses marrons.

Déjà dans l'humide plaine
La Discorde mugissait;
Un vieux homard qu'avec peine
Une écrevisse poussait,
Sous sa verte porcelaine
Agitant sa double antène,
Élevant ses bras ouverts,
Parait, tout-à-coup s'écrie :
« Ecoutez-moi, je vous prie,
« Moi, le Cardinal des mers :
« Car, vous savez tous, je pense,
« Qu'un grand écrivain de France
« Nomme ainsi mon Eminence,
« Et ce nom beaucoup me duit,

« Cardinal !.. quand je suis cuit.

« Pour ne faire de sottise,

« N'être dupe du plus fin,

« Il faut, dans toute entreprise,

« Il faut considérer enfin

« Le but, les moyens, la fin.

« Quant aux moyens, je regrette

« D'arriver à cet aveu,

« Notre armée est très peu faite

« Pour jouer un pareil jeu.

« Nos armes se sont usées ;

« La Paix, qui ramollit tout,

« Dans nos âmes trop blasées

« Des combats chassa le goût ;

« Nos finances sont à bout

« Depuis longtemps épuisées.

« Il est vrai, sur chaque point

« Projet sur projet s'entasse ;

« L'Intendance paperasse,

« En tous lieux on écrivasse,

« Mais cela ne suffit point.

« Aussi, vous pouvez m'en croire,

« Dans ces assauts pleins d'horreur

« Au lieu d'une vaine gloire

« Vous trouveriez le malheur ;

« Et, dans la nuit triste et noire,

« Au lieu d'un ruban de moire

« Porteriez le déshonneur ·

« Pour un but assez frivole

« Accomplissant la parole

« Du Maître, divin martyr,

« Qui voit l'humble et le relève :

« — Quiconque frappe du glaive

« Par le glaive doit périr. —

« De la Sagesse infinie

« Respectons tous les décrets;

« Celui qui se glorifie

« De sa chûte est souvent près.

« Lorsqu'il est le plus superbe

« C'est alors même que Dieu

« Le prend, comme une vile herbe,

« Et le jette dans le feu.

« Dans la révolte vaincue

« C'est le sort qui nous attend

« Si l'on commet la bévue

« Qu'on nous conseille à présent.

« Oui, sans faire sur ce thème

« De médisance un péché,

« *Pasquini*, dis-je moi-même,

« Est un Ours fort mal léché.

« Au fond pourtant il nous aime,

« Nous le prouve chaque jour,

« Et surtout dans le carême

« Nous témoigne son amour :

« Payons-le donc de retour.

« De cette huître qui raisonne

« Comme un docteur en Sorbonne

« Le divin préssentiment

« — Les huîtres en ont souvent —

« Nous le montrait en personne

« A l'autel nous absolvant.

« Croyez-en ce témoignage ;

« De salut c'est notre gage.

« En *Pasquini* qu'on outrage

« Avec respect adorons

« Ce Dieu dont Paul dit aux hommes :

« — C'est en lui que nous vivons ,

« En lui que nous nous mouvons ,

« Et c'est par lui que nous sommes. —

D'un air noble et résigné

A peine Son Eminence

Avait-elle terminé

Un grand brouhaha commence

Dans le peuple mutiné.

Puis la plèbe souveraine ,

Qui si vite , et tour à tour ,

Va de l'amour à la haine

Et de la haine à l'amour ,

Pousse un cri que rien n'égale ,

Et, d'une voix triomphale,
Répète : ô moment béni,
Vive notre Cathédrale,
Vive, vive *Pasquini* !

Sortant de sa tabagie,
Le tyran de la Mairie
Avait fumé tout entier
Un gros Havane indigène
Qu'en feuille de chataignier
On fabrique ici sans gêne.
Ainsi qu'Atlas autrefois,
Courbant sa tête féconde
En projets, le vieux sournois,
Sur son dos les bras en croix,
Y semblait porter le monde ;
Et pourtant, en vérité,
(Ce n'est pas moi qui ricane),
Sur ce dos large et voûté
Il ne portait que sa canne.
Chemins de fer, viaducs,
Chantiers, bassins, aqueducs,
Caserne, hôpital, fontaines,
Roulaient dans les cases pleines
De son crâne méconnu

— Quel problème, ô Géomètre !
Où ton œil a-t-il donc vu
Que le contenant doit être
Plus grand que le contenu ? —
Sur la place sans rivale
Les rayons d'un soleil d'or
Cherchaient cette Cathédrale
Promise et qui manque encor ;
Et *Pasquini*, qu'importune
L'aspect du grand et du beau,
Ne voyait dans ce tableau
Des bois, du ciel et de l'eau,
Que ce qu'il voit dans la lune.

Il ruminait son magma,
Absorbé dans les pensées
Où souvent il s'abima,
Lorsque les clameurs poussées,
Par les poissons triomphans,
De ses oreilles dressées
Viennent frapper les tympans.
Il se retourne, il écoute....
Et puis, n'ayant plus de doute,
Se redresse menaçant.
Il rallume le havane,
Il brandit sa forte canne

Et fait dix pas en avant.

Son visage s'illumine

— Quand le grand Condé jeta

Ce bâton qu'on rapporta

Il n'avait si bonne mine —

Sa parole éclate enfin :

« Qu'entends-je ici, vil frétin ?

« Moi, de tout ce qui peut plaire

« Je fais toujours le contraire

« Et crois toujours le mieux faire....

« Tu m'insultes donc là bas.

« Quoi! tu veux, tourbe impudique,

« Pour y prendre tes ébats,

« Quoi! tu veux ma basilique,

« Eh bien ! tu ne l'auras pas.

« Souviens-toi que d'autres bêtes

« Avaient fourré dans leurs têtes,

« De la mettre, malgré moi,

« (Deux décrets ne font pas loi)

« A la place digne d'elle.

« Vains désirs, vœux superflus !

« Ils la voulaient simple et belle,

« Eh bien! ils ne l'auront plus.

« Ai-je besoin d'une mitre,

« D'une crosse, d'un chapitre,

« Pour savoir ce qui convient?

« Et subirai-je (à quel titre?

« Au front la rougeur m'en vient)

« Ce colonel qui m'oppresse,

« Ce jésuite éperonné

« Que l'enfer nous a donné;

« A cheval courant sans cesse,

« Qui jamais ne se confesse,

« Qui ne va pas à la messe;

« Et qui sur moi, nuit et jour,

« En déversant l'ironie

« Croit frapper, dans sa manie,

« Sur la peau d'un vieux tambour!...

« Juste ciel! que Dieu me damne

« Si je porte une peau d'âne.

« A ces gens-là prouvons leur

» Que, sans être un vrai profane,

« Nous avons esprit et cœur.

« Chère ville, que j'adore,

« Pensent-ils donc que j'ignore

« Ce qu'il faut pour t'embellir?

« Démolir et démolir,

« Et puis démolir encore

« Et ne jamais rien bâtir....

« Que dis-je dans mon délire?

« Je disais, je voulais dire,

« Puis il faut tout rebâtir.

« Je ne tiens qu'à notre église

« Souvenir des temps passés;

« Mais j'y fais mainte reprise

» Et je l'agrandis assez.

« Par des voûtes plus massives

« Je remplace les ogives :

« Du transept je fais la nef,

« Et je coupe, de rechef,

« Tout mur en arêtes vives :

« Quelles belles perspectives !

« A l'ouest vient le levant,

« L'autel est sous la portière,

« Tout le devant en arrière,

« Tout le derrière en avant !

« En plein midi là, sans doute,

« Souvent on ne verra goutte :

« Là plus de soleil, plus d'air,

« Plus d'horizon, plus de mer ;

« Toujours une clarté sombre....

« Mais Dieu se cache dans l'ombre.

« Libertins et curieux,

« Sans nul souci de leurs âmes,

« Qui n'entrent dans les saints-lieux

« Que pour y lorgner les dames,

« Seront punis, les infâmes,

« Seront punis dans leurs yeux.

« Et puis, aux heures funèbres,

« Pour entendre du latin,

« Pour y chanter les Ténèbres,

« Ce sera vraiment divin !

« Quand j'aurai cessé de vivre,

« Quand j'irai parmi les morts,

« Là, pour prix de mes efforts,

« De ces combats que je livre,

« Qu'on embaume enfin mon corps ;

« Et, sans faute d'orthographe,

« Qu'on lise en mon épitaphe :

« *Ci-gît notre Pasquini ;*

« *Qui mal en pense est honni.*

« *Grand protecteur des familles*

« *Il faisait la guerre aux filles,*

« *Et, comme des polissons,*

« *Il chassait de son théâtre,*

« *Où c'était un diable à quatre,*

« *Il chassait les vieux garçons* *.

« *Il mit une ardeur extrême*

« *A défendre Cavaignac;*

« *Pour l'Empire il fit de même,*

« *Et ne changea de système*

« *Que pour mieux remplir son sac.*

» Enfin que là, sur la pierre

« Où l'on m'aura déposé,

« Vienne le jour de lumière

« Et dans cette crapaudière

« Je serai canonisé !!

---

* L'auteur fut du nombre.

PATER NOSTER

Notre maire d'Asinio
Que votre règne enfin finisse;
Que sur la terre et que sur l'eau
Nul de vos vœux ne s'accomplisse;
Nous ne voulons du pain de chien
Que toujours votre main nous donne:
Ma foi, qu'un autre vous pardonne,
Quant à nous, nous n'en ferons rien.
Vous êtes trop laid, sans doute,
Pour induire à tentation;
Mais du mal fermez-nous la route....
Donnez votre démission.

AINSI SOIT-IL.

OUVRAGES DU MÊME AUTEUR

Poésies de Pétrarque, traduites en vers, 1 vol. in-8º.

Nouveaux Principes d'Économie politique, 1 vol. in-8º.